LES COLINS

PAR

H. PIERRE PICHOT,

UN DES COLLABORATEURS DE LA REVUE BRITANNIQUE

PARIS,
TYPOGRAPHIE HENNUYER, RUE DU BOULEVARD, 7, BATIGNOLLES,
Boulevard extérieur de Paris.

1858

LES COLINS

LES COLINS

PAR

H. PIERRE PICHOT,

UN DES COLLABORATEURS DE LA REVUE BRITANNIQUE.

PARIS.

TYPOGRAPHIE HENNUYER, RUE DU BOULEVARD, 7. BATIGNOLLES.
Boulevard extérieur de Paris.

1858

LES COLINS

« Croissez et multipliez[1], » dit Dieu à l'homme. Comme Dieu créait l'homme carnivore, il était à prévoir que plus l'homme croîtrait et multiplierait, plus aussi iraient en diminuant ces animaux créés en même temps que lui, et providentiellement prédestinés à le nourrir. Mais la chasse suffit longtemps encore à l'alimentation de toute la postérité d'Adam, qui, relativement peu nombreuse au milieu des diverses espèces de gros et de menu gibier, put les poursuivre et les immoler sans les épuiser, pendant toute la période des peuples chasseurs, une des phases reconnues des âges primitifs. A la longue, toutefois, qui sait si la diminution du gibier ne concourut pas à transformer les *peuples chasseurs* en *peuples pasteurs*, seconde phase de l'histoire ethnographique. Naturellement les peuples pasteurs donnèrent quelque répit au gibier, en s'occupant surtout de la domestication des espèces qui étaient susceptibles non-seulement de les aider dans le labeur agricole, mais encore de les nourrir et de les vêtir.

Les progrès incessants de la civilisation suppriment peu à peu les peuples exclusivement chasseurs. Les derniers, les Indiens du nouveau monde, reculent et disparaissent chaque jour devant les défricheurs américains, avant-garde de l'émigration européenne. Mais la civilisation ne supprime pas la chasse : elle la réglemente, elle la soumet à un Code spécial. Pourrait-elle la supprimer? Non, quand elle le voudrait : ce serait vouloir supprimer cet instinct cynégétique que Dieu mit dans l'homme, d'accord avec sa conformation physique et qui est une des conséquences de la domination absolue qu'il lui décerna sur les êtres d'une nature inférieure à la sienne. Aussi, là où la chasse n'est plus une des nécessités de la vie, elle est encore un plaisir ardent,

[1] « Croissez et multipliez, remplissez la terre et vous l'assujettissez ; dominez sur les poissons, sur les oiseaux, sur les animaux de la terre et de l'air. »   (GENÈSE.)

une passion qui transporte, par accès au moins, l'homme des villes comme l'homme des champs. Quand la chasse devint un privilége, la pénalité d'un Code draconien semblait n'avoir d'autre résultat que d'ajouter à tous ces attraits celui du plaisir défendu. Les braconniers bravaient la prison, la mort même : ils renonçaient à tous leurs droits sociaux et politiques, ils consentaient à passer toute leur vie *hors la loi*, comme les *outlaws* d'Angleterre, plutôt que de renoncer à tuer un cerf ou un lièvre, un faisan ou une perdrix. La liberté de la chasse est une des conquêtes les plus populaires de la Révolution, — conquête soumise seulement à une restriction fiscale. Aussi, depuis que l'égalité démocratique des nouvelles mœurs de la France a voulu que le permis de chasse fût à la portée des plus minces fortunes, la police délivre tous les ans cent cinquante mille ports d'armes, ce qui rend le braconnage inexcusable (sans l'abolir toutefois); si bien, que la France compte peut-être une armée de chasseurs, réguliers ou irréguliers, égale à ses cinq cent mille soldats en uniforme. Faut-il s'étonner d'entendre répéter chaque année que le gibier devient de plus en plus rare, et qu'il serait temps d'accorder une trêve de quelques années aux quadrupèdes et aux bipèdes de la terre et de l'air [1]?

Mais ce n'est pas la guerre directe faite aux bêtes et aux oiseaux de chasse qui en diminue si considérablement les espèces, quelque formidable au gibier que soit devenu le grand destructeur depuis le perfectionnement de tous les engins de chasse. C'est l'envahissement complet de la campagne par l'homme civilisé : c'est la multiplication des villes dont il couvre le sol; c'est le progrès de tous les arts industriels, qui élèvent leurs usines au delà des faubourgs, c'est la culture agricole elle-même rayonnant autour des villages, c'est le déboisement, c'est enfin le vaste réseau de ces voies nouvelles de communication parcourues par des chars bruyants qui vomissent la flamme et la fumée à travers les solitudes mêmes. Non-seulement les animaux sont expulsés de leurs *gîtes* et de leurs remises, mais ceux qui se hasardent encore dans les terrains conquis sur eux par la bêche et la charrue ne peuvent plus y trouver aussi abondamment les plantes et

---

[1] Voir le *Manuel du chien d'arrêt*, par M. L. de Curel, qui envisage peut-être un peu trop la chasse à un point de vue aristocratique.

les insectes nécessaires à leur subsistance. En France comme en Angleterre, ces deux centres de tout le mouvement et de toute l'activité de l'Europe, il n'y aura bientôt plus un cours d'eau qui ne soit sillonné par les bateaux à vapeur ou qui ne fasse marcher la roue d'une usine, pas une plaine qui ne soit à toute heure du jour ou de la nuit traversée par une locomotive. Faut-il s'étonner si le gibier d'Europe, comme l'Indien d'Amérique, finit par s'avouer vaincu et disparaît !

Comme cependant il faut que l'homme chasse, c'est-à-dire comme il lui faut du gibier, force est de recourir à l'art pour suppléer à l'épuisement de la nature. L'élève artificielle du gibier est désormais indispensable, et heureusement les faisanderies se multiplient avec succès. Mais si elles garantissent à la consommation des tables de luxe un marché passablement approvisionné, elles ne sauraient satisfaire le véritable amateur de chasses, qui regrette, dans les *tirés*, l'imprévu et la variété des pièces abattues : elles ne dispensent pas surtout de demander quelque chose de plus à une reproduction artificielle d'espèces nouvelles et à leur acclimatation subséquente.

Sans sortir de l'Europe, combien d'oiseaux on pourrait élever et acclimater en France ! Qu'il serait beau de voir dans quelques-unes de nos forêts de sapins le magnifique coq de bruyère de la Norwége, de la Bohême et de l'Ecosse [1], ou dans les grandes plaines de la Champagne, de la Sologne et des Landes, la grande outarde, cette autruche des pays tempérés [2]. De cou-

[1] On sait que le coq de bruyère (*tetrao urogallus*) avait complétement disparu de l'Écosse pendant une soixantaine d'années, et que, grâce à quelques grands propriétaires, il y a été introduit de nouveau. En 1838 et 1839, lord Breadalbane, qui s'est le plus distingué dans cette importation cynégétique, reçut de Norwége cinquante-quatre *capercailzies* ou coqs de bruyère, adultes. Il en lâcha quelques-uns dans ses forêts et garda les autres dans sa faisanderie. M. Guthrie, chargé de la direction de cet établissement, fit placer les œufs qu'ils pondirent en captivité dans des nids de poules faisanes, et cet essai eut une si belle réussite que, depuis quelques années, ces oiseaux se sont multipliés considérablement ; les forêts autour de Taymouth-Castle et des collines de Drummond, de Kenmore et de Croftmoraig en sont remplies ; ils se sont même étendus jusqu'à Dunkeld et Krieff. — Les bulletins de la Société zoologique d'acclimatation nous apprennent que le coq de bruyère vient d'être récemment répandu par l'administration des forêts dans quelques cantons du Jura et des Ardennes.

[2] La grande outarde (*otis tarda*) a existé en France et en Angleterre. Dans ce dernier pays, on en a encore tué une, je crois, en 1856 ; mais il y a bien longtemp que l'on en a vu en France. La petite outarde ou outarde canepetière (*otis tetrax*)

trées plus lointaines, nous pourrions importer les beaux faisans de l'Asie, les poules sauvages de Java et de Sumatra, les hoccos et les pénélopes du nouvel hémisphère, d'un plumage si beau, d'une chair si délicate,—Toutefois, il est des transitions à ménager. Ces derniers oiseaux surtout, habitués à respirer les chaudes atmosphères des tropiques, ne s'accoutument pas immédiatement aux brouillards de la Seine et de la Tamise, ni à la couche de neige souvent épaisse dont le sol se couvre pendant l'hiver. En général, il est plus facile d'accoutumer un animal des régions septentrionales aux influences atmosphériques d'une région méridionale, qu'un animal du midi aux influences du nord. Mais, dans les deux cas, il importe de ne pas se décourager après un premier essai. C'est pourquoi on doit, pensons-nous, citer de préférence les exemples de succès qui ont récompensé une patience intelligente. Tel est celui de la reproduction récente d'une espèce de perdrix, qui promet non-seulement d'orner les volières, mais encore de repeupler les tirés épuisés. Nous voulons parler des colins de l'Amérique du Nord.

Ces gallinacés, qui nous viennent de la Californie et des Etats-Unis, subissent sous cette latitude des hivers quelquefois très-rudes, et qui se rapprochent beaucoup des nôtres. Leurs mœurs sont à peu près celles de nos perdrix ordinaires, et par leur conformation ils se rapprochent des perdrix rouges. Si nos étés sont moins chauds, ils le sont cependant à un degré suffisant, même dans les départements du nord et de l'ouest, à plus forte raison dans les départements de l'est et du midi, où les colins pourraient facilement conduire eux-mêmes à bien une ponte et une couvée, sinon deux.

Comme, avant d'entreprendre l'acclimatation d'un animal quelconque, il est bien de connaître ses mœurs et ses habitudes, nous ne devons parler des colins à l'état domestique qu'après avoir esquissé leur histoire à l'état sauvage. C'est ce que nous allons pouvoir faire, grâce à Audubon, à Wilson et aux autres naturalistes qui les ont étudiés dans leurs forêts et leurs plaines natales.

se rencontre encore quelquefois dans les plaines du nord de la France, en Champagne, par exemple ; mais, depuis quelques années que ces plaines ont été plantées de sapins, ces oiseaux disparaissent de jour en jour.

§ 1er.

Colins à l'état sauvage.

Natura non facit saltus, dit Linnée ; « les nuances imperceptibles, dit Buffon, sont le grand œuvre de la nature ; » et cette admirable gradation que la nature observe dans toutes ses créations est une des choses qui frappent le plus l'observateur. Pour ne parler que du règne animal, chaque être vivant est comme l'anneau d'une immense chaîne sans commencement ni fin, c'est-à-dire que le premier chaînon est relié au dernier, comme tous sont reliés les uns aux autres. Deux genres qui semblent tout à fait différents sont cependant reliés par un troisième qui tient de l'un et de l'autre. C'est ainsi que les colins sont l'anneau de transition entre les perdrix et les cailles, — tenant des premières par leur plumage, le lorum ou espace nu qu'ils ont derrière l'œil, la courbure de leurs ailes et leurs pennes caudales longues et arrondies ; — tenant des secondes, par leur bec plus court que celui des perdrix, mais plus gros que celui des cailles, et par leurs tarses dénués d'éperons tuberculés [1].

Les colins sont tous des oiseaux du nouveau monde, où ils remplacent les perdrix de nos contrées, et sont même désignés par ce nom, ainsi que par celui de *caille*. Il faut remarquer comme tous les oiseaux du genre perdrix se rapprochent les uns des autres, non-seulement par la forme, mais par le plumage. On retrouve chez chacun d'eux une ligne au-dessus de l'œil for-

---

[1] Voici les principaux caractères qui distinguent ce genre ; il y en a même plusieurs grosses espèces qui semblent le relier aux guans, marails et hoccos :

Bec court, robuste, large à sa base, comprimé à son extrémité.

Mandibule supérieure fortement bombée et recouvrant complétement les bords de la mandibule inférieure, qui se fait aussi remarquer par sa solidité et par sa largeur à sa base ; narines linéaires, recouvertes supérieurement par un large opercule dur comme le bec.

Paupières couvertes de petites plumes ; lorum allongé placé derrière l'œil ; l'oreille est recouverte par quelques plumes roides et arrondies, et dont les barbes ont l'air de soies.

La tête est ovale, le front un peu aplati ; le corps rond chez la femelle, un peu plus allongé et élancé chez le mâle ; tarses un peu courts, comprimés postérieurement sans tubercule, comme chez les perdrix, ou éperons, comme chez les francolins ; doigts longs et robustes, celui de derrière fort court, celui du milieu le plus long de tous.

Plumage compacte, plumes généralement ovales ; ailes courtes, concaves, fort arrondies ; queue assez longue, fort arrondie.

mant sourcil ; une gorge dont la couleur tranche sur le reste
du plumage, et qui est entourée par une large ligne foncée ou
claire, selon que la gorge est claire ou foncée ; enfin, des zé-
brures ou taches sur les côtés, se ressemblant chez presque tous
les individus, et une tache de couleur rousse sur le ventre du
mâle. Cette disposition de plumage s'observe chez les colins,
charmants oiseaux, aux allures lestes et dégagées, pleins de vi-
vacité et de pétulance ; les uns ont un plumage sombre, mais
que viennent relever les taches blanches dont il est gracieusement parsemé ; les autres, au contraire, rivalisent en couleurs
éclatantes avec les oiseaux des tropiques, et portent sur la tête
une aigrette aussi gracieuse qu'originale.

L'histoire des colins est encore enveloppée de beaucoup
d'obscurité. Quant à ce qui regarde les mœurs et les habitudes
de ces oiseaux, les nombreuses espèces qui composent le genre
sont loin d'avoir été toutes découvertes, et, à mesure que l'on
pénétrera dans l'Amérique, on en découvrira, sans aucun doute,
de nouvelles. Latham n'en connaissait que deux, qu'il classa
dans son ordre *tetrao*. En 1830, époque où le colin huppé de la
Californie fut importé pour la première fois en Angleterre par le
capitaine Beechey, M. Vigors en fit connaître neuf. Enfin, vers
l'année 1849, M. Gould, le savant explorateur de l'Australie,
auquel nous devons plusieurs belles découvertes et la plus magnifique collection d'oiseaux-mouches qui ait jamais existé, ainsi
que de nombreux et bons ouvrages qui rivalisent avec ceux
d'Audubon, se livrant à des recherches sur les colins de l'Amérique, et parcourant dans ce but tous les musées de l'Europe,
décrivit et représenta dans une monographie (publiée en 1850)
trente-cinq espèces différentes du genre colin. Je saisis ici l'occasion de remercier le savant directeur de notre Muséum,
M. Flourens, et le bibliothécaire de ce même établissement, de
l'obligeance avec laquelle ils ont mis à ma disposition le magnifique ouvrage dont je viens de parler.

M. Gould classe les colins qu'il décrit en sept sections, et,
dans notre monographie, nous suivrons cette classification. Cependant, sauf deux ou trois espèces de colins que nous avons pu
examiner plus particulièrement nous-même, et sur lesquelles
nous nous étendrons plus longuement, nous ne ferons qu'indi-

quer les variétés nouvelles décrites par M. Gould. Comme une description purement technique ne pourrait intéresser nos lecteurs, nous nous contenterons de les renvoyer à ce magnifique travail artistique et scientifique à la fois, où sont représentés et peints tous les colins connus jusqu'à ce jour. (Voir le tableau à la page suivante.)

GENRE ORTYX.

Le COLIN HOUI[1] (*perdix Virginiana*, Audubon) n'habite pas seulement la Virginie et presque tous les Etats de l'Union anglo-américaine, mais encore, au nord, le Canada, et, au midi, la péninsule de la Floride et le Texas. Au mois d'octobre, ceux qui se trouvent dans les régions plus froides, au nord du Canada et dans la Nouvelle-Écosse, descendent vers le sud-ouest, comme fait le dindon sauvage. Vers cette époque, les rives du nord de l'Ohio sont couvertes de ces oiseaux, qui hésitent un peu avant de passer le fleuve. Pennant nous dit qu'on les a récemment introduits dans la Jamaïque, où ils se sont beaucoup multipliés. Le capitaine Henderson rapporte qu'il les a rencontrés sur les rives du golfe de Honduras.

Le colin houi est un peu moins gros que la perdrix grise. Il a de vingt à vingt-quatre centimètres de longueur, depuis la pointe du bec jusqu'à l'extrémité de la queue. L'envergure de ses ailes mesure de vingt-cinq à trente centimètres. Le mâle adulte a le front, la gorge et une ligne au-dessus des yeux de couleur blanche; le dessus de la tête, le derrière du cou, ainsi que la poitrine, roux-brun; — plumes dorsales et couvertures des ailes, brun clair; couvertures de la queue, rousses, tachetées de jaunâtre; pennes primaires gris noir, bordées de grisâtre; secondaires, irrégulièrement barrées de rougeâtre; plumes caudales gris bleu, excepté les pennes du milieu, qui sont gris jaunâtre, irrégulièrement tachetées de noir; les côtés du cou tachetés de blanc; parties inférieures, blanches, rayées de brun et de noir; côtés et plumes sous la queue, rougeâtres.

Les jeunes mâles ont la gorge d'un roux clair; la ligne noire

[1] Ce colin a été aussi décrit sous les noms de *perdix Virginiana, Marylanda, Mexicana*, etc. Voir, du reste, pour les synonymes des différentes espèces de colins la *Monographie des odontophoridæ*, de M. Gould.

CLASSIFICATION DES COLINS, D'APRÈS M. GOULD.

ODONTOPHORINÆ.

GENRE ORTYX.

Bec court et robuste, fortement arqué (culmine gradatim a basi descendente). Bords tranchants, mandibule inférieure droite et garnie de deux ou trois dentelures; narines grandes et recouvertes d'un opercule, bordé des paupières recouvertes de plumes ou légèrement dénudées; plumes occipitales allongées; ailes concaves et médiocres; rémiges primaires roides, les plus longues sont la quatrième, la cinquième et la sixième. Queue courte et composée de douze plumes bien développées; tarses sans éperons; doigts et ongles médiocrement longs, doigts antérieurs unis à leur base par une membrane; le doigt interne est le plus court.

TYPE

Ortyx Virginianus.

GENRE CALLIPEPLA.

Bec court et mince, arqué; bords tranchants et légèrement rentrés en dedans; mandibule inférieure garnie à son extrémité de deux ou plusieurs dentelures; narines situées tout à la base du bec, médiocrement grandes et couvertes d'un opercule, bordé des paupières couvertes de plumes; la tête est ornée d'une huppe mince et allongée, dans le genre de celle de l'alouette, huppée; ailes concaves et arrondies, la quatrième rémige primaire est la plus longue de toutes; queue courte et composée de douze plumes roides; tarses sans éperons; doigts allongés, unis à leur base par une membrane. Ce qui distingue surtout ces oiseaux, c'est la longue huppe qui orne leur tête.

TYPE

Callipepla Californica.

GENRE EUPSYCHORTYX.

Bec court, mais moins robuste que dans le genre ortyx, arqué, les bords de la mandibule inférieure ont deux légères dentelures à leurs extrémités; narines situées tout à la base du bec, médiocrement grandes et couvertes d'un opercule, bordé des paupières couvertes de plumes; la tête huppé est ornée d'une huppe peu allongée, les rémiges primaires sont: les quatrième, cinquième et sixième. La queue est assez longue et composée de douze plumes roides; tarses sans éperons; doigts allongés, unis à leur base par une membrane.

TYPE

Eupsychortyx cristatus.

GENRE PHILORTYX.

La forme générale des oiseaux de ce genre est celle de ceux du genre ortyx; plumage doux et flexible; plumes scapulaires, pectorales et hypocondriales larges et tronquées; les pectorales et les hypocondriales, au lieu d'être trochelées comme chez les autres colins, sont barrées de raies blanches et noires.

TYPE

Philortyx fasciatus.

GENRE CYRTONYX.

Bec court et robuste, sommet fortement arqué; bords tranchants; mandibule inférieure droite ayant deux légères dentelures à son extrémité; narines larges, recouvertes et bordées d'une membrane; les plumes occipitales forment une huppe allongée sur la tête comme celle du faison argenté; bords des plumes; ailes quelque peu allongées, rémiges tertiaires plus longues que les primaires; queue courte et composée de plumes molles et flexibles; tarses sans éperons; doigts courts, l'informe et l'externe fort courts;—doigt postérieur faible et haut placé sur le tarse; ongles très-larges, allongés, recourbés, émoussés et obtus. Ce qui distingue surtout les oiseaux de cette section, c'est le peu de longueur des doigts et le développement des ongles, ainsi que la singularité des taches des joues.

TYPE

Cyrtonyx Massena.

GENRE DENDRORTYX.

Bec plus court et moins comprimé latéralement que dans le genre suivant, plus épais cependant, mais moins crochu; mandibule inférieure large, droite et munie de chaque côté de deux dentelures distinctes; bords tranchants, mais qui ne rentrent point au dedans; narines larges, couvertes et bordées d'une membrane; ailes quelque peu allongées, rémiges recouvertes par les primaires; queue courue et composée de plumes moins roides que chez les oiseaux du genre suivant,—la cinquième et la sixième sont les plus longues; la queue est large et arrondie, proportionnée à la grosseur de l'oiseau, et composée de douze plumes roides; tarses sans éperons, moins forts que chez les odontophori; doigts médiocrement longs et unis à leur base par une membrane; doigt intermédiaire, le plus long; doigt postérieur, faible; ongles assez longs et légèrement recourbés, bord inférieur large et aigu.

TYPE

Dendrortyx macroura.

GENRE ODONTOPHORUS.

Bec robuste, comprimé latéralement; sommet de la mandibule supérieure très-arqué, crochu à l'extrémité; mandibule inférieure droite et garnie de deux dentelures distinctes de chaque côté vers l'extrémité; bords rentrés en dedans et fort tranchants; narines grandes, couvertes et bordées d'une membrane; huppe sur la tête; bords des paupières dénudés de plumes; ailes très-concaves, primaires roides, la première ont la plus courte, la cinquième et la sixième les plus longues; queue très-courte, concave et arrondie, et composée de douze plumes flexibles et sans éperons; robustes et sans éperons; doigts antérieurs unis à leur base par une membrane, très-longs, surtout le doigt intermédiaire; doigt postérieur court et faible; ongles allongés, presque droits et pointus.

TYPE

Odontophorus Guatemalensis.

qui, chez l'adulte, entoure la gorge ainsi que les parties latérales
du cou est d'un brun foncé ; les plumes du ventre sont moins
régulièrement tachetées et d'une teinte moins sombre.

Les femelles adultes ressemblent aux jeunes mâles ; mais les
teintes sont plus franches et plus régulièrement tachetées ;
quant aux jeunes femelles, il est difficile de les distinguer des
jeunes mâles ; cependant elles sont de couleur plus claire.

Les colins houi commencent à nicher vers le milieu du mois
d'avril dans les provinces centrales des Etats-Unis ; dans la
Louisiane, ils s'apparient de bien meilleure heure. Les bois re-
tentissent alors du cri d'amour du mâle, cri composé de trois
syllabes, et qui rappelle celui de la perdrix. Cependant, si, après
que les compagnies se sont séparées en couples pour se reproduire, il survient quelque changement dans la température, qui
est généralement variable aux Etats-Unis, ils se réunissent de
nouveau. Avant qu'un mâle et une femelle forment un couple
reconnu des autres, plus d'un duel a lieu, quand la femelle est
poursuivie par plusieurs rivaux, comme il arrive à la perdrix
d'Europe. Lorsque le ménage est enfin constitué, les deux époux
se mettent à construire leur nid au pied d'une grosse touffe
d'herbe, quelquefois au pied d'un arbre ou d'un buisson. Les
matériaux qui servent à la fabrication de ce nid sont des feuilles
sèches et des brins d'herbe. Il est recouvert d'un dôme aplati,
fait avec du foin, et, sur l'un des côtés, est laissée une petite
ouverture pour l'entrée et la sortie. L'intérieur est garni de quelques plumes, mais sans grande recherche, comme le nid de
tous les oiseaux dont les petits courent aussitôt après leur nais-
sance. La femelle pond sous ce dôme de quinze à vingt-cinq
œufs, d'un blanc pur et d'un beau poli; on a trouvé quelquefois des nids qui en contenaient jusqu'à trente-trois, ce qu'il
faut peut-être attribuer à ce qu'une femelle étrangère est ve-
nue pondre dans ce nid pendant l'absence de la mère. Ces
nids sont dissimulés avec beaucoup de soin sous le dôme qui
les recouvre. L'incubation dure quatre semaines, au dire des
éleveurs qui ont fait couver des œufs de colin par des poules.
Mais M. Lewis [1] prétend qu'elle ne dure que vingt-deux jours,

[1] The American Sportsman, by Elisha J. Lewis, D. M., publié chez Lippincott,
Grambo et Cᵒ. Philadelphie, 1855.

parce que, dit-il, le colin couve avec plus d'assiduité que la poule, et entretient ainsi une chaleur plus constante. Pendant que la mère couve, le mâle se perche auprès d'elle sur un buisson, et de temps en temps fait entendre son chant, comme pour la distraire, attendant ainsi le moment de jouer un rôle plus actif dans la famille; car, dès que la coquille des petits sera brisée, le mâle partagera avec la femelle l'éducation de leurs poussins. Il va, il vient, court autour d'eux, les regarde avec l'orgueil de la paternité, rappelle l'imprudent qui s'éloigne, et indique, tantôt à l'un, tantôt à l'autre, un grain ou un insecte à ramasser. A l'approche du chasseur ou du chien, les petits colins, comme les petits perdreaux, se réfugient dans le fourré le plus voisin, tandis que le père et la mère, se jetant au-devant de l'intrus, tombent, se relèvent et se traînent comme s'ils étaient blessés; puis tout à coup, quand ils se voient assez loin du refuge où les attend la petite famille tremblante, ils s'envolent à tire d'aile et vont la rejoindre par un détour; admirable ruse du dévouement! Mais il est d'autres ennemis que le chasseur et le chien pour le pauvre oiseau, et ceux-là, le père et la mère les affrontent quelquefois avec courage. M. Lewis raconte avoir vu un colin mâle défendre ses petits contre une couleuvre noire qui en avait déjà tué plusieurs; combat trop inégal, dans lequel l'oiseau eût succombé, sans le chasseur naturaliste qui intervint avec son bâton et tua le serpent. Il était temps : le reptile avait déjà saisi l'aile du colin, et, quoique mort, il ne lâchait pas prise.

Il est à remarquer combien tous les petits des gallinacés se ressemblent, la différence étant très-peu marquée entre de petits poulets et de jeunes faisans âgés seulement de quelques jours. Le duvet des jeunes oiseaux qui courent aussitôt après leur sortie de l'œuf est de couleur sombre et terne, quelle que soit, du reste, la beauté du plumage des oiseaux adultes. Ils éludent bien mieux ainsi le regard de la fouine et de l'oiseau de proie. Grâce à cet uniforme de leur premier âge, duvet serré et épais, ils courent impunément au milieu des ronces et des broussailles; — s'ils sont surpris, sachant bien que leurs faibles jambes ne les porteraient pas loin, ils se blottissent entre deux mottes de terre ou sous quelques feuilles sèches avec lesquelles ils semblent se confondre, jusqu'à ce que le danger soit passé.

Les jeunes colins, à leur sortie de l'œuf, sont d'un jaune brun tacheté de gris; leur bec et leurs pattes, ainsi que l'iris de l'œil, sont beaucoup plus clairs que chez l'oiseau adulte. Comme tous les oiseaux coureurs, ce sont leurs pattes qui se développent le plus vite; les pennes des ailes et de la queue se montrent plus tard, tandis que chez les oiseaux qui vivent sur les arbres, qui fendent l'air par un vol régulier, et dont les petits restent longtemps au nid, les ailes sont développées longtemps même avant que les petits soient en état de déserter le nid. Souvent, lorsqu'un oiseau de cette dernière espèce se hasarde à prendre l'essor, ses tarses sont quelques jours avant de pouvoir le soutenir droit sur les branches, et il est forcé de s'accroupir pour se poser, quoique ses ailes soient déjà assez fortes pour le porter d'arbre en arbre. Par contre, ouvrez un œuf de gallinacé quelques jours même avant l'éclosion, vous y trouverez les pattes de l'embryon déjà développées.

Quelques auteurs prétendent que les colins houi font deux couvées par an, et ce qui le prouve, disent-ils, c'est qu'on trouve quelquefois des nids avec des œufs dans le mois de juin, et qu'en octobre et novembre on a vu de jeunes colins voler à peine. Mais il se pourrait bien que ces couvées tardives ne fussent que ce qui s'appelle en termes de chasse une couvée de *recoquetage*, lorsque, après plusieurs destructions successives de son nid et la soustraction de ses œufs, une femelle n'a pas abandonné l'espérance d'être mère. Ce qui est resté douteux pour les colins dans les Etats du Nord semble certain dans les régions les plus chaudes, puisque Audubon nous apprend que dans le Texas, la Floride et la Caroline du Sud, le colin houi élève deux couvées, la première au mois de mai, et la seconde en septembre.

Vers la fin de septembre, les colins houi se réunissent en compagnies de dix à vingt individus; on en rencontre quelquefois de plus nombreuses, selon que le pays fournit une nourriture plus abondante. Au commencement de l'automne, ils quittent les plaines et les lisières des bois pour descendre sur les bords des grandes rivières.

« Les colins, dit Audubon, commencent à émigrer du nord-ouest au sud-ouest au commencement d'octobre, et ces voyages

s'accomplissent à peu près comme ceux des *dindons*. A cette époque, on rencontre sur les bords de l'Ohio d'innombrables *troupes*
de colins : ils courent dans les bois qui avoisinent les rives du
fleuve qu'ils traversent à la tombée du jour. Comme les dindons,
un grand nombre des jeunes colins qui n'ont pas atteint encore
toute leur croissance tombent dans l'eau, et périssent généralement ; car, quoiqu'ils *nagent* d'une manière surprenante, ils
n'ont pas assez de force musculaire pour soutenir une lutte
prolongée contre le courant. Ceux-là seuls qui tombent près du
bord parviennent à se sauver. On m'a répété qu'un habitant de
Philadelphie avait ri de bon cœur en entendant dire que j'avais
écrit dans mon histoire du dindon que cet oiseau pouvait *nager*
à quelque distance lorsqu'il tombait par accident dans l'eau.
Mais soyez assuré, cher lecteur, que tout oiseau de terre est ca-
pable de *nager* en pareille circonstance, et vous pouvez vous
assurer de la vérité de ce que j'avance, en jetant un dindon ou
une poule dans l'eau. »

Malgré tout notre respect pour le grand naturaliste américain,
nous oserions insinuer qu'il laisse échapper ici une de ces er-
reurs de *fait* ou de langage, sur lesquelles M. Watterton pourrait bien exercer son ironie, s'il ne l'avait déjà fait dans un passage de ses *Essais*.

« Des oiseaux, dit le naturaliste de Walton-Hall, qui peuvent
nager d'une manière surprenante, n'ont jamais à craindre de se
noyer en nageant, et ils n'auront jamais besoin d'une lutte prolongée dans un exercice qui ne demande aucun effort. Un *oiseau
nageur* qui lutte pour ne pas se noyer est à peu près dans le même
embarras que si nous étions obligés de lutter pour ne pas périr
en marchant ; l'expression même de *lutte prolongée* prouve que
l'oiseau ne peut nager, et que l'*eau* est pour lui ce que la *terre
ferme* est pour le requin. Ce dernier, en se débattant, regagnera
peut-être son élément ; mais pouvons-nous dire que le requin
marche ? De même, le colin pourra regagner le bord en battant
des ailes et en agitant les pattes, quoique l'eau lui soit aussi anti-
pathique que la terre l'est au requin. Tout oiseau, vivant ou mort,
surnage, mais tous les oiseaux ne *nagent* point : car il faudrait
pour cela que les oiseaux terrestres fussent conformés comme
les oiseaux aquatiques ou amphibies. »

Pendant l'hiver, les colins ont souvent beaucoup à souffrir des rigueurs du froid. On les a vus, dans des temps de disette, lorsque la terre était couverte de neige, perdre leur naturel farouche jusqu'à s'approcher des fermes et des basses-cours. Ils rôdent alors autour des meules, et cherchent à en soutirer les brins de paille; ils se mêlent même quelquefois aux poules. Dans les froids prolongés, les plus faibles périssent surtout par manque de nourriture, lorsque l'épaisseur et la dureté de la couche de neige les empêchent d'arriver jusqu'au sol en grattant.

On a cru jusqu'à présent que les perdrix ne se perchaient pas; mais cela n'est vrai que pour ce qui regarde la perdrix grise, qui habite surtout les pays de plaines. Les perdrix rouges, qui se plaisent sur la lisière des bois et dans les taillis bas, se posent souvent sur les arbustes qui les environnent. Je remarquai ce fait en lâchant un jour dans une grande cage une perdrix rouge nouvellement prise, qui, aussitôt, alla se percher sur les bâtons les plus élevés. Toutes mes perdrix rouges se perchent presque continuellement[1]. Ainsi font les colins qui courent même avec rapidité le long des branches. Comme nous l'avons dit plus haut, pendant que la femelle couve, le mâle prend son poste sur une haie ou un arbrisseau voisin. Là, immobile, il répète de temps à autre son cri. Les colins houi cependant paraissent avoir moins de dispositions à se *brancher* que les colins huppés de la Californie.

Audubon parle d'un fait assez curieux. Les compagnies de colins houi, dit-il, dorment à terre et rangées en cercle. Toutes les têtes sont tournées en dehors et les queues en dedans, de sorte que s'ils viennent à être surpris par un ennemi, ils peuvent

---

[1] Un des plus savants membres de l'Institut, qui est aussi une des plumes les plus fines des Revues mensuelles et des journaux quotidiens, avait dernièrement accusé Ovide d'ignorer l'histoire naturelle, parce que ce poète latin place sur une branche la perdrix railleuse de ses *Métamorphoses*. M. Babinet a fait depuis à Ovide une juste réparation, en reconnaissant que la perdrix du Levant perche sur les arbres des bois de la Grèce. Nos perdrix rouges sont Grecques sous ce rapport. Que M. Babinet nous permette de réclamer la même faculté en faveur de la poule d'eau (*gallinula chloropus*). C'est ce qui est bien connu des auteurs, lorsqu'ils recommandent aux amateurs qui veulent conserver cet oiseau dans un bassin de l'entourer d'un treillage droit et non en losanges, de peur que la poule d'eau ne tente de l'escalader. Nous avons vu nous-même dans deux occasions différentes, des poules d'eau perchées sur des peupliers au bord d'un étang.

2

tous s'envoler sans se gêner mutuellement. Les compagnies une fois dispersées se réunissent en rappelant comme la perdrix.

Il est aussi des colins houi tout à fait blancs, ou dont le plumage est parsemé de larges taches de cette couleur. Cette variété sans doute doit son origine à quelque cause fortuite comme pour nos perdrix; car, comme les perdrix *blanches*, on trouve des colins blancs dans les compagnies de colins de couleur ordinaire, et ils se reproduisent avec eux [1].

A ces détails sur les habitudes des colins houi à l'état sauvage, nous ajouterons quelques mots sur la manière dont on les chasse en Amérique.

Il est un fait signalé par M. Lewis dans l'ouvrage que nous avons déjà eu l'occasion de citer. On sait que les chiens dans leur quête sont dirigés par l'odorat; il paraîtrait que les colins houi ont la faculté préservatrice de retenir les émanations que dégage leur corps, lorsqu'ils sont subitement alarmés et redoutent quelque danger. M. Lewis cite plusieurs exemples de ce fait, et entre autres une lettre d'un M. Smith, de Baltimore : « Un jour, dit ce chasseur, j'étais accompagné de deux excellents chiens et je chassais dans une plaine avec des amis. Je fis lever deux colins; je tuai l'un, et l'autre alla se remiser au pied d'un arbre, dans une épaisse touffe de gazon. Je l'avais parfaitement bien vu se poser, et j'avançais avec précaution, le doigt sur la détente; mais les chiens passèrent tout à côté sans l'apercevoir ni le sentir. Aucun d'eux ne le fit lever. Quelques heures après, je revins au même endroit : cette fois les chiens marquèrent l'arrêt, et firent lever le colin qui fut tué. Il était donc évident qu'effrayé par la première détonation ce colin avait *retenu son odeur* jusqu'à ce que tout danger eût disparu. » Nous ne croyons pas que ce fait ait jamais été observé en France pour ce qui regarde les perdrix.

---

[1] La facilité avec laquelle le plumage des gallinacés passe au blanc est chose assez remarquable. On rencontre des oiseaux de cette couleur parmi les faisans et les perdrix de nos climats, quoique cependant cela soit assez rare, surtout chez les perdrix, car on élève en faisanderie des faisans tout à fait blancs ou panachés. J'ai vu cette année un magnifique perdreau blanc qu'un de mes amis, M. G. de Montébello, avait tué en Champagne, aux environs du château d'Etoges. Il est d'un blanc éclatant sur tout le corps, hormis deux petites plumes d'un roux clair sur le dos; le bec et les pattes sont pâles.

Mais quelle que puisse être l'habileté des tireurs américains, ce n'est pas le fusil qui cause le plus de ravages parmi les colins houi; les piéges et les filets en détruisent le plus grand nombre. Pendant les temps de neige on balaye le sol et on tend une longue corde garnie de collets. On jette du grain sous ces lacets, et les colins affamés viennent s'y prendre. On emploie aussi de la même façon des trébuchets, des piéges de toutes sortes, et enfin la *hutte* et la *tonnelle*. Audubon n'a pas dédaigné de nous décrire cette chasse, qui est la plus funeste aux colins :

« Les *huttes* se placent dans des endroits fréquentés par les dindons sauvages ou les perdrix, et se construisent de la même façon pour prendre l'un ou l'autre oiseau : seulement, on les fait plus ou moins grandes. Voici comment on les construit. On dresse avec de jeunes troncs d'arbres ayant de dix à quinze centimètres de diamètre, lorsque c'est pour prendre les dindons, une hutte à claire-voie, d'une douzaine de pieds carrés et haute de quatre. Sous l'un des côtés de cette hutte on creuse une tranchée de trente à quarante centimètres de profondeur, qui débouche à l'intérieur de la hutte en pente assez roide. A l'extérieur, on la mène plus loin, de manière qu'elle s'élève peu à peu jusqu'au niveau du sol. A l'intérieur, et du côté par où elle entre sous la hutte on couvre la tranchée de plusieurs pièces de bois qui forment un pont d'un pied à peu près de largeur. Cela fait, on met au milieu de la hutte du blé de maïs, et on en répand dans toute la tranchée; on fait aussi des traînées de grain qui y correspondent, et quelquefois même on creuse deux tranchées qui aboutissent sous la hutte par des côtés opposés. Dès qu'un dindon a découvert le maïs, il l'annonce aux autres par un petit gloussement. Tous aussitôt répondent à l'appel, et, tout en ramassant les grains, ils s'engagent dans la tranchée et passent sous le pont en se serrant les uns contre les autres. De cette manière, quelquefois toute la troupe se trouve prise; mais il n'y en a généralement que six ou sept, car ils sont très-méfiants, et le craquement même d'un arbre pendant la gelée les effraye. Après s'être gorgés de grain dans la hutte, ils pensent à sortir et fourrent leur tête entre les barreaux du haut et des côtés, mais jamais il ne leur arrive de regarder à leurs pattes et de prendre le chemin par lequel ils s'étaient introduits. » On ne peut se faire une idée du nombre d'oiseaux, dindons ou colins, qui se prennent de cette façon. Audubon dit qu'il prit dans une de ces huttes soixante-seize dindons pendant un hiver. Il arrive même que, dégoûtés à la longue de la chair de leur gibier, les propriétaires de ces huttes, avec une impardonnable négligence, restent des jours entiers et même des semaines sans aller visiter les piéges, et les pauvres prisonniers périssent alors d'inanition. Audubon en trouva dix de morts dans une hutte que l'on avait négligée. Mais quelquefois les lynx, les loups, ou les oiseaux carnivores, s'emparent de la proie avant que le propriétaire soit venu la chercher. Un jour, le célèbre chasseur naturaliste trouva dans une de ses huttes à dindons un magnifique loup noir qui crut sans doute tromper la vue du chasseur en se couchant de tout son long par terre, et s'effaçant autant qu'il lui était possible.

La chasse à la *tonnelle* ressemble un peu à celle du même nom que l'on fait aux alouettes dans nos pays.

La tonnelle dont on se sert pour prendre les colins houi est un filet cylindrique de trente à quarante pieds de long, qui a environ deux pieds de diamètre, un peu plus large vers l'entrée et se terminant en cul-de-sac. Ce cylindre est soutenu par des petits cerceaux de bois placés de trois en trois pieds. L'ouverture est garnie d'un demi-cercle, dont les bouts taillés en pointe sont enfoncés en terre. Deux filets droits, appelés *ailes* ou *murailles*, de la même longueur que le filet cylindrique, dessinent devant l'ouverture de la tonnelle un angle obtus et sont soutenus par des piquets plantés en terre. Ces piquets forment deux palissades basses, conduisant à une grille. Le tout est fait de matériaux à la fois solides et légers.

Des cavaliers, munis d'un filet semblable, vont à la recherche des colins, chevauchant le long des haies et des taillis que ces oiseaux fréquentent. Quelques-uns imitent le cri des colins, et, comme ces oiseaux sont nombreux, une compagnie leur répond bientôt. Alors ils s'assurent de l'endroit où se trouve cette compagnie et du nombre d'individus qu'elle contient, car ils ne se donnent pas la peine de tendre le filet pour quelques oiseaux. Dès qu'ils aperçoivent leur gibier, un chasseur lance son cheval au galop et fait un détour pour aller se porter à une centaine de mètres ou plus au-dessus des colins, selon qu'ils courent plus ou moins vite, tandis que les autres chasseurs s'avancent sur leurs chevaux, causant et riant comme s'ils ne faisaient que passer, mais surveillant attentivement les colins. Le cavalier qui a galopé en avant porte la tonnelle et la tend de manière que ses compagnons y poussent les oiseaux. Dès que tout est prêt, le chasseur rejoint ses camarades qui s'éloignent alors un peu les uns des autres et suivent les colins en riant, sifflant, frappant des mains. Les colins s'avancent petit à petit et sont maintenus dans la bonne direction par le bruit. L'oiseau qui est à la tête de la colonne entre dans la tonnelle sans trop hésiter et tous les autres le suivent. Alors, l'un des chasseurs met pied à terre, ferme l'entrée du cylindre et s'empare des oiseaux. On en prend ainsi quelquefois quinze et vingt d'un seul coup de filet, ou une centaine par jour. Les chasseurs à la tonnelle rendent la liberté à une paire d'oiseaux de chaque compagnie, pour perpétuer la race.

Le succès de cette chasse dépend beaucoup de l'état de l'atmosphère. Une pluie fine ou une neige qui ne tient pas sont très-favorables ; car alors les colins, et les gallinacés en général, courent très-loin plutôt que de s'envoler, tandis que, par un temps clair et sec, ils partent à tire-d'aile dès qu'ils voient quelqu'un les approcher, ou se couchent à terre, et on ne peut plus les faire avancer qu'avec beaucoup de difficulté. En outre, lorsque les colins houi sont sous bois, ils se mettent quelquefois à courir avec une telle rapidité que le chasseur chargé de tendre le filet a de la peine à les devancer.

Le colin houi est de tous les colins l'espèce la plus connue, puisqu'elle habite la partie de l'Amérique la plus explorée et la populeuse, les Etats-Unis. Nous n'avons pu glaner sur les autres espèces que quelques observations éparses dans les écrits de voyageurs qui ne sont ni chasseurs ni naturalistes.

Nous mentionnerons seulement :

Le COLIN DE CUBA *(ortyx Cubanensis)*, qui se distingue du colin houi par son bec qui est plus petit ; les plumes de sa tête sont aussi d'une teinte plus noirâtre ; en outre, les taches de ses plumes hypocondriales sont un peu différentes.

Le COLIN ROUX *(ortyx castaneus)*, plus gros que l'*ortyx Cubanensis* et l'*ortyx Virginianus* ; la teinte générale de son plumage est rousse, comme son nom l'indique; un seul individu a été obtenu vivant par M. Gould, à une vente du jardin zoologique de Manchester.

Le COLIN A GORGE NOIRE (ortyx nigrogularis). Ce colin, un des plus élégants de ce genre, se distingue par une petite touffe de plumes qu'il a sur la tête. Il fut découvert par le docteur Samuel Cabot, dans le Yucatan, où il habite les lisières des forêts de sapins; plusieurs individus de cette espèce se sont reproduits dans la belle faisanderie du comte de Derby, et l'on croit qu'elle s'acclimaterait facilement dans nos pays.

Le COLIN A POITRINE NOIRE (ortyx pectoralis), du Mexique, est plus petit que l'ortyx Cubanensis; il est rare dans les collections européennes. En 1840, le comte de Derby en avait un vivant dans la sienne à Knowley's-Park.

Le COLIN COYOLCOS (ortyx coyolcos), très-rare dans les collections, habite le Mexique. Huppe peu apparente sur la tête.

GENRE CALLIPEPLA.

Le COLIN HUPPÉ DE LA CALIFORNIE (perdix Californica[1], Lath). C'est le plus gracieux oiseau de la famille des colins, simple de plumage, mais que sa pétulance, sa gaieté et sa confiance recommandent à l'amateur. On sait peu de choses sur ses habitudes et ses mœurs à l'état sauvage, car les régions qu'il habite sont bien moins fréquentées que celles où se trouve le colin houi. Il fut découvert pendant l'une des expéditions de l'infortuné La Peyrouse, ou du moins c'est dans les relations de ce voyageur qu'il en est fait mention pour la première fois. Il a été dessiné dans l'atlas qui accompagne un de ses voyages. Wilson n'en parle pas et Audubon en dit fort peu de chose.

Plus petit que le colin houi, le colin huppé de la Californie a dix-huit centimètres de longueur. Son bec, comme celui de tous les oiseaux de son espèce, est ferme et robuste. La mandibule supérieure est élevée et fortement recourbée; les bords recouvrent la mandibule inférieure; les narines sont recouvertes d'un opercule dur et corné, comme chez le colin houi, et leur ouverture est un peu dirigée en arrière. La tête est ovale, le cou très-

[1] Callipepla Californica, Gould.

court, le corps arrondi. Les tarses sont peu élevés, le doigt du milieu est assez long et le doigt postérieur est très-court; les ongles sont un peu recourbés et obtus. Les plumes frontales sont roides et à barbes séparées d'un jaune grisâtre; les plumes occipitales sont brunes; celles du cou petites et acuminées, noires et marquées d'un petit point blanc à leur extrémité. L'oiseau a sur la tête une huppe ou aigrette composée de six plumes recourbées en avant, étroites à leur extrémité inférieure et qui vont en s'élargissant vers le haut; les barbes sont dirigées en arrière, et chacune de ces plumes s'applique exactement sur la suivante; enfin cette huppe ressemble à une grosse virgule (❥). Lorsqu'il est tranquille, le colin de Californie porte son aigrette un peu penchée au-dessus du bec, et lorsqu'il court il la rejette en arrière. Elle est de couleur noire. Une longue ligne blanche s'étend comme sourcil au-dessus de l'œil; le lorum est noir; la gorge, au lieu d'être blanche comme chez le colin houi, est noire et entourée d'une bande blanche; la poitrine est gris-perle; les plumes du ventre sont grises tirant sur le blanc et bordées par un cercle noir, avec une petite ligne de même couleur au milieu de chaque plume; les plumes du milieu du ventre sont d'un beau roux doré et l'oiseau a entre les jambes une tache couleur de feu, comme la perdrix grise. Toutes les plumes seulement sont bordées de noir. Celles des côtés sont longues et ovales, de couleur brune, marquées d'une longue tache blanche correspondant aux hachures transversales qui se voient sur les côtés de la perdrix rouge; le dos est brun comme chez cette dernière; et les plumes de la queue, médiocrement longues et fort arrondies, sont d'un beau gris cendré.

La huppe de la femelle est beaucoup plus petite et bien moins large du haut que celle du mâle. La gorge n'est pas noire comme chez le mâle, mais les plumes sont petites, brunes et tachetées de blanc sale; la ligne sourcilière et celle qui entoure la gorge sont presque invisibles, à cause de leur couleur brun clair. Le ventre n'est pas d'un beau roux doré comme chez le mâle, mais d'un blanc gris; les plumes sont bordées de noir et toutes les autres parties de son plumage sont moins bien tachetées et plus pâles.

Les œufs sont à peu près de la grosseur de ceux du colin houi, blancs et tachetés de gros points brun clair, à peu près comme ceux de la caille.

Les petits, en naissant, ressemblent assez à ceux des colins houi, et leur aigrette est déjà indiquée, comme chez les poules huppées, par un petit pinceau de poils.

Ce qui distingue particulièrement le colin huppé, c'est cette aigrette dont il tire son nom spécial et qui ne ressemble à celle d'aucun autre oiseau. On retrouve une huppe à peu près semblable chez un macareux d'Amérique (*phaleris galericulata*). Quand l'oiseau est en mouvement, ce panache est toujours *en branle* et constitue son principal ornement. Du reste, l'oiseau est d'une grâce charmante, et il faut le voir, lorsqu'il courtise sa compagne, se promener devant elle en déployant tous les avantages de sa petite personne.

Le colin huppé se trouve dans toute la Californie. Il perche beaucoup plus aisément que le colin houi et se tient presque constamment sur les buissons bas. Il court avec une admirable facilité le long des branches d'arbre sur lesquelles il reste quelquefois des heures entières, faisant entendre son cri, composé aussi de trois syllabes comme celui du colin houi, et qui est peut-être plus guttural que celui de ce dernier.

Pour prouver combien il est important qu'un chasseur ne soit pas totalement ignorant de l'histoire naturelle, sinon pour approcher plus facilement son gibier, pour éviter du moins de grossières méprises, je vais, à propos du colin qui nous occupe, en donner un exemple. M. Lewis, dans son ouvrage sur la chasse qui contient du reste de très-bons renseignements, traite un colin huppé de Californie qui fut tué par un de ses amis, de monstruosité et de *lusus naturæ*. « Ce qu'il y a d'étonnant, dit-il, c'est que, dans la compagnie où se trouvait cet oiseau, il y en avait encore plusieurs autres huppés de la même manière. »

Dans un de ces colins, que j'ai disséqué, j'ai trouvé l'appareil digestif tout à fait semblable à l'appareil disgestif du colin houi que décrit Audubon. Les parties les plus remarquables sont le gésier, qui est très-musculeux, et le cœcum, beaucoup plus volumineux que l'intestin et qui s'enroule en crosse à la partie supérieure.

La chair de ce colin est fine et délicate ; elle ressemble à celle du faisan doré.

LE COLIN A PLUME LANCÉOLÉE (*perdix plumifera*[1], Audubon). Ce magnifique colin est fort peu connu. Il se rapproche de la perdrix rouge par les teintes de son plumage ainsi que par sa taille, à peu près la même que celle du colin tocro, mais il n'a ni la même grâce, ni la même élégance de mouvements que le colin huppé de la Californie. Il habite les mêmes contrées que ce dernier oiseau, et se trouve principalement dans l'Orégon et sur les bords de la rivière Columbia, où il fut découvert par David Douglas. C'est la *perdix plumifera* d'Audubon : le naturaliste américain a inséré dans sa *Biographie ornithologique* cette note communiquée par le docteur Townsend :

« Le colin à plume lancéolée habite les bois épais qui couvrent les rives des affluents du fleuve Columbia, et l'on dit qu'il se propage jusqu'en Californie. Ce sont des oiseaux très-rares en tous temps ; ils se rassemblent en compagnies de six à dix individus, et s'éloignent rarement des lieux qu'ils fréquentent de préférence. Dans toutes les excursions que j'ai faites à travers l'Orégon, je n'ai jamais eu le bonheur de rencontrer ce beau colin, et les trois sujets que j'ai en ma possession m'ont été procurés par des tiers. »

Le bec de ce colin ressemble à celui de tous les autres oiseaux du même genre, seulement il est un peu moins épais. Les tarses sont plus élevés que ceux des autres colins que nous venons de décrire ; le doigt du milieu est de beaucoup plus long que les autres. Les ongles sont plus aigus que ceux des colins précédents. Sur le sommet de la tête, au milieu d'une petite touffe de plumes longues et lancéolées, sont deux autres plumes, noires et beaucoup plus longues, qui atteignent quelquefois dix centimètres ; elles sont dirigées en arrière, et pendent mollement sur le cou de l'oiseau. La poitrine est gris-bleu ainsi que le front, le cou et le dos ; les plumes à la base du bec sont blanches, la gorge est d'un beau marron, entourée d'une bande noire et d'une bande blanche plus petite ; le dos et les couvertes de la queue sont d'un beau roux, ainsi que les pennes caudales. Sur le ventre existe une tache d'un beau marron clair ; les plumes

[1] *Callipepla picta*, Gould.

qui recouvrent les hypocondres sont larges et allongées, et marquées de hachures noires, blanches et rousses, dans le genre de celles de la perdrix rouge.

La femelle est plus petite que le mâle, et ses couleurs sont moins vives. Les deux longues plumes noires et lancéolées qui forment sa huppe sont plus courtes et n'ont guère que quatre centimètres, le dos et le croupion sont d'un roux plus pâle que chez le mâle, et légèrement ondulé de brun plus foncé.

Comme je l'ai déjà dit, ce colin est moins vif d'allures que le colin huppé ; mais ces deux longues plumes noires qui sont mollement inclinées sur son dos lui donnent une certaine grâce et une certaine élégance. Son port est le même que celui de tous les colins, et ses mœurs son celles du colin houi. Il est d'un caractère belliqueux, et lorsque les mâles se battent entre eux, ils rejettent complétement par-dessus leur bec les deux longues plumes de leur huppe.

Les autres oiseaux de ce genre sont :

Le COLIN DE GAMBEL (*callipepla Gambelii*), ainsi nommé par Nuttal, ami du docteur Gambel ; il ressemble au *callipepla Californica*, mais sa huppe n'est pas si contournée, et il la porte presque perpendiculairement sur sa tête.

Le COLIN COQUET (*callipepla elegans*), découvert, selon Lesson, par le docteur Batta ; il se trouve en Californie et au Mexique.

Le COLIN ÉCAILLÉ (*callipepla squammata*), qui a une large huppe brun gris sur le sommet de la tête ; les bords des plumes qui la composent sont blancs.

Enfin, le COLIN DE DOUGLAS (*callipepla Douglasii*).

GENRE EUPSYCHORTYX.

Le COLIN ZONECOLIN (*eupsychortyx cristata*). Ce colin, encore peu connu, est plus petit que le colin huppé de Californie, mais son plumage est beaucoup plus sombre, et sa huppe, composée de plusieurs plumes courtes, étroites et allongées, ressemble à celle de l'alouette des cieux. Voici ce qu'en dit Audubon, qui ne connaissait que la femelle, qu'il a décrite sous le nom de colin néoxène (*perdix neoxenus*).

« Le zonecolin fut découvert pendant le voyage du capitaine Beechey, le long des côtes nord-ouest de l'Amérique. Mon dessin (pl. ccccxxiii, fig. 3) est fait d'après un individu empaillé que m'ont gracieusement prêté les membres de la Société zoologique de Londres; ce colin a à peu près les mêmes formes et le même plumage que les colins huppés et à plume lancéolée; mais son bec est moins épais et moins recourbé[1]. »

Les couleurs du mâle sont plus vives, et sa huppe est d'un blanc gris tirant sur le jaune orangé. Son nom est abrégé du mot mexicain *quanhezoné-colin* qui, comme nous le dit Buffon, « désigne un oiseau de grandeur médiocre et de plumage obscur; mais ce qui le distingue, c'est son cri, qui est assez flatteur quoiqu'un peu plaintif, et le panache dont sa tête est ornée. »

Fernandès parle d'un autre colin, mais moins gros et sans huppe. Buffon croit que ce pourrait bien être la femelle du zonecolin, dont il ne se distingue que par des caractères accidentels qui sont sujets à varier d'un sexe à l'autre. Mais sans doute il émettait cette conjecture sans connaître l'oiseau, car la femelle du zonecolin a aussi une aigrette comme celle du colin de la Californie.

Cet oiseau, importé de l'Amérique du Sud en Angleterre, s'y est très-bien reproduit.

Le COLIN A OREILLES BLANCHES (*eupsychortyx leucotis*), ainsi nommé à cause des plumes blanches qui recouvrent les oreilles du mâle. La huppe est blanche et la gorge d'un beau roux. Il se trouve à Santa-Fé-de-Bogota.

Le COLIN SONNINI (*eupsychortyx Sonnini*). Ce colin, décrit en 1772 par Rozier, dans le *Journal de Physique*, ressemble beaucoup par sa forme au zonecolin. Mais il a seulement la huppe

---

[1] Voici la description envoyée à Audubon par M. Bennet :

« Ce colin est plus petit que le colin de Californie; sa huppe est courte, droite, dirigée en arrière, un peu recourbée du bout et composée d'une douzaine de plumes allongées et étroites de couleur brun pâle, ainsi que la tête; autour des yeux, la couleur brune est plus claire, mais devient plus foncée sur le cou, où elle forme de chaque côté des raies, l'une partant au-dessus et l'autre au-dessous de l'œil. Les plumes du cou sont allongées, noires et brunes. Le dos est d'un brun grisâtre, ainsi que la queue, dont les pennes sont irrégulièrement marquées de hachures plus foncées. Les couvertes des ailes sont brunes, quelques-unes ont des taches plus claires. Le dessous du corps est brun foncé, abondamment couvert de taches rondes qui sont presque d'un blanc pur; elles sont petites sur le cou, puis grossissent à mesure qu'elles descendent sur le ventre. Le bec est noir, l'iris brun pâle, ainsi que les tarses et les ongles. Longueur, quatorze à quinze centimètres. La queue se compose de douze pennes. »

blanche ; le sommet de sa tête est blanc, l'occiput brun marqué de taches noires, la gorge et la ligne sourcilière rousses, le dos brun, le ventre roux ; chaque plume est tachetée de blanc et bordée de noir. Son nom lui vient du naturaliste qui l'a observé. Il est natif de la Guyane. On le trouve aussi au Brésil, sur les bords du Rio-Branco.

L'EUPSYCHORTYX AFFINIS, d'un tempérament belliqueux. Les mâles se livrent quelquefois des combats à outrance, et il n'est pas rare que l'un des deux champions périsse.

Le COLIN A COURTE HUPPE (eupsychortyx parvicristatus), ressemble beaucoup au Sonnini ; mais la huppe, blanche dans celui-ci, est brune dans celui-là. La huppe de la femelle est plus courte ; ils se trouvent dans la chaîne des Andes de la Colombie. Ce sont des oiseaux très-gracieux.

Le COLIN A FACE BLANCHE (eupsychortyx leucopogon). Ce colin a la gorge, la ligne sourcilière, le front blancs ; ses flancs sont brun clair, tachetés de petits points blancs, comme chez la pintade. Il se trouve à San-Carlos, dans l'Amérique centrale.

GENRE PHILORTYX.

On n'en connaît qu'une seule espèce, c'est le *philortyx fasciatus*, découvert tout récemment ; ses plumes hypochodriales sont carrées du bout, et barrées de blanc et de brun noir, comme la perdrix rouge.

GENRE CYRTONYX.

Les oiseaux de ce genre sont remarquables par l'originalité des taches des plumes de leur joues, qui ressemblent à un tatouage d'Indien. Deux espèces seulement sont connues.

Le COLIN MASSÉNA (cyrtonyx Massena) a été introduit plusieurs fois en Angleterre ; il y en a eu de vivants au jardin zoologique de Regent's-Park, à Londres. Il habite le Mexique ; ses plumes des côtés sont noires, tachetées de points blancs, comme la pintade ; le ventre est d'un beau roux.

Le COLIN OCELLÉ (cyrtonyx ocellatus), très-rare dans nos musées ; il y en a un au Muséum du Jardin des Plantes : ses couleurs sont plus vives que celles du précédent, les taches blanches des joues ont une teinte rosée, et la poitrine est d'un beau roux doré.

GENRE DENDRORTYX.

Les colins qui composent ce genre sont les plus gros de toute la famille, et semblent relier les colins aux gros gallinacés, surtout aux pénélopes et aux marails; ils habitent les bois et les forêts, sur les arbres desquels ils sont presque toujours perchés.

Le COLIN A LARGE QUEUE (*dendrortyx macrorus*) se trouve au Mexique; sa taille est celle d'une grosse poule.

Le COLIN A SOURCILS BLANCS (*dendrortyx leucophrys*), un peu plus petit que le colin à large queue, habite le sud du Mexique; il n'a point de huppe; sa gorge, son front et une large ligne au-dessus des yeux sont blancs; en 1850, le comte de Derby en avait un vivant dans sa faisanderie.

Le COLIN BARBU (*dendrortyx barbatus*), le plus beau de ce genre, a une gorge d'un beau violet; sa poitrine est brun clair; son dos, plus foncé, est tacheté de blanc et de noir. On le trouve à Jalappa, dans le Mexique.

GENRE ODONTOPHORUS.

Le COLIN TOCRO (*odontophorus Guianensis*) se trouve dans la Guyane et dans l'Amérique du Sud; il habite exclusivement les bois, où de bonne heure il commence à faire entendre son cri, que l'on pourrait rendre par les syllabes *duraquaura*, nom que lui donnent les Indiens Arawaak; les Macusi le nomment *tocro*, aussi par onomatopée. Il est un peu moins gros que la perdrix grise. Ses plumes forment une crête épaisse et bien fournie; le cou et la partie supérieure du dos sont d'un gris-bleu clair, les couvertes de la queue vert olive. Le lorum est rouge, ainsi que les paupières. Cet oiseau ne fait point son nid sur les arbres, comme on l'a prétendu, mais niche à terre, comme tous les colins. Les petits se séparent bientôt de leurs parents et ne se réunissent pas en compagnie; il est rare d'en faire lever plus d'un ou deux à la fois.

Le COLIN A GROS BEC (*odontophorus pachyrynchus*), découvert par Tschudi dans l'intérieur du Pérou. Il se distingue par la grosseur et l'épaisseur de son bec.

Le COLIN A POITRINE ROUSSE (*odontophorus speciosus*) habite les forêts les plus chaudes du Pérou, sur les bords de l'Aynamago et du Chancomayo ; son lorum est vert olivâtre, sa gorge noire, sa huppe brun noir, sa poitrine d'un beau roux clair, son dos brun, tacheté de noir. Il a été découvert par Tschudi.

Le COLIN CAPUEIRA (*odontophorus dentatus*), ainsi nommé par les Indiens ; sa voix est très-forte ; comme nos coqs domestiques, il commence à chanter avant le jour. Les compagnies de colins capueira se perchent en une seule ligne sur les grosses branches des arbres, et ils se serrent les uns contre les autres.

Le COLIN ÉTOILÉ (*odontophorus stellatus*), ainsi nommé parce que sa poitrine est couverte de petites taches ou étoiles blanches ; il se trouve au Brésil, sur les bords du Madeira.

Le COLIN MOUCHETÉ (*odontophorus guttatus*) a aussi la poitrine couverte de petits points blancs ; la huppe du mâle est magnifique ; les plumes inférieures sont d'un beau jaune orange, les plumes supérieures noires.

Le COLIN DE BALLIVIAN (*odontophorus Balliviani*), ainsi nommé par M. Bridges, qui le découvrit dans les forêts de Cocapata, en Bolivie, d'après le général Ballivian, qui facilita ses recherches.

Le COLIN CARACCAS (*odontophorus Columbianus*). Il s'en trouve un, empaillé, au musée de Leyde, où il fut envoyé par M. Landsberger, consul des Pays-Bas à Caraccas.

Le COLIN A BANDELETTE (*odontophorus strophium*), ainsi nommé d'une longue ligne blanche qui sillonne sa poitrine, d'un beau noir.

Le COLIN A POITRINE RAYÉE (*odontophorus lineolatus*), qui se fait remarquer par la longueur de ses doigts. Il ressemble, par le plumage, à notre perdrix grise.

Enfin, le dernier de ce genre est le COLIN MARBRÉ (*odontophorus marmoratus*).

§ II.

Colins à l'état domestique.

Lorsqu'on connaît les mœurs d'un oiseau sauvage ou étranger, lorsque l'on a étudié sa conformation, on peut facilement prévoir l'utilité que l'on retirera de son acclimatation ou de sa domestication, ainsi que les difficultés que l'on rencontrera. C'est dans ce but que nous avons voulu d'abord mettre sous les yeux du lecteur les colins dans leur état sauvage, et les lui présenter sous leur vrai jour. En lisant cette histoire, il a pu remarquer que rien ne s'opposait formellement à l'introduction de ces oiseaux dans nos pays. Les contrées qu'ils habitent sont soumises à des variations de température qui ressemblent beaucoup à celles de la France ; aux Etats-Unis surtout, les hivers sont quelquefois très-rigoureux ; les pluies et les brumes, qui s'opposent le plus à l'acclimatation des oiseaux des pays chauds, y sont quelquefois très-fortes. Ensuite, il faut considérer le genre de nourriture qui fait subsister les colins, et, en jetant un coup d'œil dans leur *vie privée*, nous remarquons que leurs mœurs sont presque celles de la perdrix rouge ; qu'ils se nourrissent, comme elle, de graines et d'insectes, pondent, couvent et élèvent leurs petits avec le même soin et de la même façon. En outre, leur naturel est peu farouche, et, loin de fuir la présence de l'homme, ils aiment à fréquenter les abords des fermes et des habitations ; bien entendu dans les endroits où l'on ne leur fait pas une guerre trop acharnée ; car tout oiseau, quelque confiant qu'il puisse être, apprend vite à connaître et à fuir le danger dont il est menacé.

Nous croyons devoir commencer cette seconde partie de notre monographie par deux anecdotes, dont la première sera empruntée à l'*Ornithologie américaine*, de Wilson :

Lorsqu'une femelle de colin, poursuivie par plusieurs mâles, n'est pas appariée et n'a pas encore de nid à elle, il lui arrive d'aller pondre dans un nid étranger, et ce fut ainsi que deux œufs de colin furent déposés dans le nid d'une poule domestique, laquelle, désertant son poulailler, était allée pondre elle-même dans un buisson, à quelque distance de la ferme. Cette poule couva ces deux œufs avec les siens et reparut un matin dans la basse-cour avec ses poussins, parmi lesquels étaient deux jeunes colins qu'elle éleva comme le reste de sa petite famille. Ces enfants adoptifs reçurent d'elle les mêmes soins maternels et s'apprivoisèrent si bien que quand, parvenus à l'âge adulte, ils se virent abandonnés à eux-mêmes, ils élurent domicile dans l'étable aux vaches, y revenant percher tous les soirs, après être allés, pendant le jour, chercher leur nourriture quotidienne dans les champs. Ils passèrent ainsi tout l'hiver ; mais, au printemps, l'instinct de la perdrix sauvage l'emporta sur les habitudes de la poule domestique, et ils partirent pour ne plus revenir.

La seconde anecdote, puisée à la même source, semblerait démontrer que le colin femelle est susceptible de rendre à la poule domestique service pour service. Un ami de Wilson s'avisa de placer dans le nid d'un colin houi quelques œufs de poule, qui furent parfaitement couvés jusqu'à l'éclosion. La mère sauvage éleva ces poussins comme la mère domestique avait élevé les jeunes colins. Ils prirent si bien le goût de la vie indépendante, qu'on ne les rencontrait jamais que dans les bois ou les champs, et qu'à la vue de l'homme ils fuyaient de toute leur vitesse, ou se blottissaient contre les mottes de gazon, à l'instar des vrais colins. Malheureusement, en se faisant gibier, ils éprouvèrent le sort du gibier : un coup de fusil termina leur vie nomade, ou un chien les happa pour son compte. Bref, on ne les revit plus [1].

En Amérique, on avait déjà essayé de domestiquer les colins houi, et les essais que tentèrent quelques naturalistes réussirent d'abord, mais échouèrent finalement, faute de persévérance et de soins nécessaires. « Il y a quelques années, raconta le docteur Buchanan à Audubon, j'avais mis sous une poule bantam des œufs de colin houi recueillis par moi dans la campagne ; lorsque les petits eurent percé la coquille, je les renfermai quelque temps avec la poule qui les avait couvés. On les nourrit pendant deux semaines de lait caillé, puis ils se mirent à manger du maïs concassé et différentes espèces de millet. Ils furent éjointés, et on les lâcha dans un jardin où ils passèrent l'hiver. Ils étaient devenus si doux et si familiers qu'ils me suivaient partout, comme de jeunes chiens, et passaient des heures entières perchés sur ma table. Souvent, pendant que j'écrivais, ils venaient me becqueter la main, ou se sauvaient en emportant ma plume. Ils passaient la nuit dans une petite cabane con-

[1] Ce fait aurait pu épargner une expérience à M. Watterton, qui voulait savoir jusqu'à quel point on pourrait rendre les oiseaux de basse-cour à la vie sauvage. Le naturaliste de Walton-Hall avait lâché dans son parc un couple de bantams qui s'était déjà mis à couver ; mais un renard fit sa proie du coq et de la poule avant que les œufs fussent éclos.

struite dans le jardin. Malheureusement, les chats en tuèrent plusieurs, et, au printemps, le nombre des mâles l'emportait sur celui des femelles. Au retour de la belle saison, les mâles commencèrent à faire entendre leur caquetage harmonieux et montrèrent les mêmes dispositions batailleuses que les perdrix. Ils attaquaient même les poules et les pigeons qui empiétaient sur leurs domaines. Deux femelles avaient seules survécu à leurs compagnes dévorées par les chats. Celles-ci se mirent à pondre dans une petite boîte placée à cet effet dans leur cabane. Les œufs furent tous féconds et placés sous une poule qui les fit éclore. Plusieurs affaires importantes m'empêchèrent de surveiller mes colins, et tous périrent, emportant ainsi avec eux mes espérances.; mais mon ami, le docteur Wilson, dit qu'ayant placé dans une volière plusieurs paires de colins houi, pris à l'état sauvage, ils se mirent au printemps à construire leurs nids et à pondre dans les coins les plus retirés de la volière. Le mâle et la femelle couvèrent alternativement, et firent éclore leurs petits. Ils montraient beaucoup d'attachement pour eux, les rassemblaient l'un et l'autre sous leurs ailes et les défendaient contre les autres oiseaux. Le peu d'espace qu'ils avaient pour courir fut, je crois, la cause de leur mort; mais cet essai me convainquit que si l'on pouvait parquer ces oiseaux dans des enclos, ou à l'abri des chats et des autres ennemis de la gent emplumée, ils pourraient se multiplier. »

Dès avant ces derniers temps, le colin houi avait été introduit en Europe; mais ces essais primitifs d'acclimatation ont fort peu réussi, par le manque de soins nécessaires. En Angleterre, ils avaient commencé, dit-on, à se reproduire en liberté; cependant M. William Macgillivray, qui écrivait en 1837, dit qu'il lui a été impossible de se procurer, pour en faire la description, des individus *anglais*, et que M. Jenyns, qui résidait là où il y en avait le plus, lui avait assuré qu'ils étaient très-rares, de sorte qu'il est permis de supposer qu'au moment où nous écrivons il n'en reste plus aucun. Heureusement, nous croyons que le jour est enfin arrivé où ce bel oiseau et tous ceux de sa race vont peupler nos tirés et approvisionner nos tables; car, quoique Audubon nous dise que le colin est peu estimé en Europe, nous avons goûté du colin huppé de la Californie, et nous

3

l'avons trouvé excellent, d'une chair fine et tendre, rappelant assez, pour le goût, celle du faisan doré.

C'est à l'habile éleveur de Paris, M. Gérard, qui a obtenu des médailles à tous les concours d'animaux reproducteurs, que seront dues l'acclimatation et la multiplication des colins en France. Nous ne pouvions donc nous adresser mieux qu'à M. Gérard lui-même, pour tous les renseignements sur l'élève des colins à l'état domestique [1].

Les premiers colins huppés qui soient venus directement de Californie en France furent cédés à M. Gérard au prix de deux cent quatre-vingts francs la pièce ; il y avait six mâles et quatre femelles, et de cette petite compagnie descendent tous les colins huppés qui existent maintenant chez nos oiseleurs. Une des femelles, peu après son arrivée, mourut d'une blessure à la patte ; une paire, exposée au concours universel agricole de 1856, fut achetée par S. M. l'Empereur : M. Gérard ne garda donc que deux couples pour la reproduction.

Dans l'histoire des colins à l'état sauvage, nous avons parlé de plusieurs nids, dans lesquels on avait trouvé un nombre considérable d'œufs. Cette fécondité du colin à l'état libre n'a rien d'étonnant, pour qui sait qu'elle n'est pas moindre en captivité. Pendant le court espace de temps que les colins achetés par l'Empereur passèrent à l'Exposition, ils pondirent quatorze œufs. La ponte moyenne de ces oiseaux est de cent œufs par couple. L'année dernière même, une femelle pondit cent dix-sept œufs ; mais il faut peut-être attribuer ce fait à ce qu'elle était toujours demeurée dans la cage où elle était née. Des oiseaux nés en 1856, M. Gérard avait gardé douze couples, et, en 1857, il élevait huit cents jeunes oiseaux, dont trois cent quatre-vingts femelles et quatre cent vingt mâles ; si l'on avait fait couver tous les œufs pondus depuis 1856, on aurait sans doute obtenu quatre mille petits.

Cependant cette fécondité est, si je puis m'exprimer ainsi, presque tout artificielle : c'est grâce à un habile système d'élevage que M. Gérard a obtenu de si beaux résultats.

On peut élever les colins dans de grandes cages grillées seu-

[1] Voir, dans la livraison de février de la *Revue Britannique*, le prospectus de son grand établissement.

lement sur le devant ou dans de petits parquets ayant un mètre
de longueur sur cinquante centimètres de largeur, et cinquante
centimètres de hauteur. Les parquets doivent être à moitié cou-
verts par un toit qui rejette les eaux au dehors. Il ne faut placer
dans chaque cage ou dans chaque parquet qu'une seule paire
d'oiseaux, afin qu'ils soient plus tranquilles, et la dimension de
ces cages ne doit pas être plus grande que celle que nous indi-
quons, parce que les colins dans un plus grand espace sont trop
distraits, mangent peu et ne produisent plus guère. Il faut aussi
qu'il y ait un perchoir sous la partie couverte, car ces oiseaux
sont presque toujours perchés.

Le fond des parquets et des cages doit être garni d'un sable
très-fin, sans quoi les œufs pourraient être cassés. Il est bon
aussi de retirer les œufs avec une cuiller attachée au bout d'un
bâton. Cela effraye moins les oiseaux que si l'on prenait les
œufs à la main. On les enlève à mesure qu'ils sont pondus, en
ayant soin de boucher chaque fois le creux formé par la femelle
pour y déposer sa ponte; car, autrement, elle serait tentée de
couver, et la ponte s'arrêterait.

Mais, outre l'espace restreint où on les garde, le choix et la
qualité de la nourriture influent beaucoup aussi sur la fécondité des colins. La graine d'alpiste ou millet long doit former
leur principale nourriture. Cette graine, pour tous les oiseaux
en général, et pour les colins en particulier, est bien préférable
au millet ordinaire qui, trop riche en principes nutritifs, dispose
à la graisse, nuit à la ponte et peut même être cause de la mort
des oiseaux pendant les grandes chaleurs. Il faut aussi que les
colins aient toujours, autant que possible, de la verdure dans
leurs parquets.

Vers le 15 mars, c'est-à-dire une quinzaine de jours avant la
ponte, et tout le temps qu'elle durera, il faudra donner par jour
à chaque paire d'oiseaux la valeur d'une cuillerée à bouche de
mie de pain, mêlée à un sixième d'œuf dur.

Les colins pourraient eux-mêmes couver leurs œufs, s'ils
étaient dans un endroit tranquille; mais on conçoit qu'alors la
ponte serait vite arrêtée, et ne serait tout au plus que de dix-huit
à vingt œufs. Quand on veut élever un grand nombre de ces
oiseaux, il est donc nécessaire de faire couver les œufs par des

poules. Pour cela, il est important de choisir une couveuse de petite race ; les poules pattues et les poules indiennes sont les meilleures ; les premières surtout sont préférables parce qu'elles sont moins farouches, et couvent avec plus d'assiduité. En un mot, elles ne doivent pas peser beaucoup plus d'un demi-kilogramme.

Cependant, si l'on n'a que de grosses poules à sa disposition, il faut les laisser couver des œufs sans valeur pendant une dizaine de jours pour les affaiblir et diminuer leur chaleur ; car ces grosses poules, développant beaucoup trop de calorique, sèchent souvent les œufs qui sont fort petits, ou étouffent les jeunes oiseaux. Au lieu de prendre des œufs ordinaires pour cet usage, il serait encore mieux de se servir d'œufs artificiels en faïence, peints comme des œufs de colins ; la poule s'habituerait encore mieux à couver ces petits œufs, et si elle avait par hasard la mauvaise habitude de les manger, cette disposition serait facilement corrigée par l'œuf artificiel.

Souvent aussi, les poules, étonnées de l'exiguïté de leurs petits et de leur couleur, les tuent ou refusent de les adopter ; il faut alors, au moment de l'éclosion, chaperonner la tête de la poule. Ce capuchon se fait avec un morceau de toile très-douce, en forme de cornet ; le bec de la poule sort par le petit bout, et autour de la grande ouverture sont des cordons passés dans une coulisse, qui servent à l'attacher sur le cou de la poule. On lui ôte ce *bonnet* au moment de ses repas, et il suffit de quelques jours pour qu'elle ait complétement adopté la petite famille. Il est bon, pour ne pas effrayer les petits, que le capuchon soit de la couleur de la poule.

On doit retirer les petits colins de dessous la poule à mesure qu'ils éclosent, et les placer dans une petite boîte garnie de peau d'agneau, en ayant soin de les serrer les uns contre les autres, afin qu'ils se tiennent chaud mutuellement. On peut les laisser ainsi sans inconvénient jusqu'à ce que le dernier petit soit éclos ; on remet alors les premiers nés sous la poule. Au bout d'une heure ou deux, on les transporte dans une caisse à faisans sur le modèle de celles que M. Gérard a inventées, en ayant soin de placer dans le compartiment où se tient la mère un morceau de tapis ou d'étoffe cloué sur le fond pour que la poule en grattant ne puisse le déranger, et que les petits ne s'y prennent pas les pattes [1]. Cette précaution est exigée par la délicatesse des articulations des jeunes colins; car si on les plaçait sur le bois nu, ils pourraient se blesser à la première jointure, ce qui souvent entraînerait leur mort. Quant aux derniers colins éclos, il ne faudra les placer sous la poule qu'après une vingtaine d'heures environ.

Il faut nourrir les jeunes colins avec des œufs de fourmi très-frais, et en ayant bien soin qu'il ne reste aucune fourmi vivante. Au bout de cinq ou six jours, on leur prépare une pâtée composée de mie de pain et de feuilles de salade, que l'on hache bien fin mais sans la broyer. M. Gérard recommande de leur donner, dès les premiers jours, de la salade hachée. Règle générale, hormis les œufs de fourmi, tout aliment doit être haché menu.

Au bout d'une semaine, les jeunes colins doivent boire deux

[1] Après l'éclosion, les poussins, surtout les faisans et les colins en raison de leur délicatesse, sont exposés à une foule d'accidents qui en font périr un grand nombre. L'objet du *préservateur* ou *caisse à faisans* est de permettre aux petits de prendre leurs ébats au grand air sans courir aucun danger, et à la mère conductrice de leur donner les soins nécessaires, sans pouvoir les bousculer par les coups de patte qu'elle leur donne en grattant.

L'appareil se compose d'un encaissement à fond de bois d'un mètre à un mètre quarante centimètres de long sur cinquante centimètres de large et trente-cinq centimètres de profondeur. Il est divisé en deux parties : l'une, appelée *chambre de la mère*, où est renfermée la poule; l'autre, appelée *préau*, destinée aux ébats des petits.

La chambre de la mère communique au préau par un châssis à coulisse, formé de barreaux suffisamment espacés pour le passage des petits, qui vont à volonté dans le préau, et que la mère rappelle quand elle veut; elle ne peut ainsi les rassembler que dans un endroit sain et à l'abri des intempéries.

Le châssis à barreaux peut être remplacé, selon les circonstances, par un châssis vitré.

La chambre de la mère est fermée par un couvercle à charnières incliné et recouvert en zinc. Le préau est recouvert d'un châssis vitré à deux ventaux inclinés sur les côtés pour l'écoulement des eaux, pouvant s'ouvrir à volonté ou être remplacés selon les besoins par un châssis en toile ou en grillage.

Le panneau de l'extrémité est à coulisse, et peut s'enlever à volonté pour permettre aux petits de s'écarter un peu quand ils sont assez forts.

Il est établi des *chambres de mère* sans préau, formant des appareils isolés et indépendants. Elles sont destinées à être placées partout où on le juge à propos, et permettent aux petits assez forts de courir en liberté sans cependant trop s'écarter, car ils sont retenus par la mère, qui, ne pouvant les suivre, les rappelle constamment auprès d'elle.

L'expérience a prouvé qu'avec ces appareils, qui sont principalement recommandés aux éleveurs de faisans, on n'a pas à craindre les intempéries des saisons, puisqu'on peut élever sans danger des poulets en plein air par un froid de quatre à cinq degrés.

fois par jour ; mais le vase qui contient l'eau, lorsqu'ils ont tous apaisé leur soif, doit être immédiatement retiré afin qu'ils aient toujours de l'eau fraîche et qu'ils ne se mouillent pas. M. Gérard a encore inventé un abreuvoir syphoïde qui permet de laisser toujours l'eau à leur portée; car l'eau, se renouvelant d'elle-même, et en petite quantité, n'est jamais sale et reste toujours fraîche [1].

Peu à peu cependant on arrive à l'époque où les jeunes colins doivent être nourris avec du millet long et du petit blé nouveau, dont le grain est plus tendre. Lors même que cela est possible, dans les fermes par exemple, il est bon de donner aux petits colins des épis de blé encore verts, tant que le grain est encore en lait. Ils en sont très-friands, et cela les amuse. Enfin, il faut ne les laisser jamais manquer de verdure, et faire attention qu'ils aient toujours à manger, car, comme ils grossissent assez vite, on doit nécessairement subvenir à cette croissance rapide. C'est même là une des précautions les plus utiles dans l'élevage de n'importe quels oiseaux : beaucoup d'animaux ne semblent difficiles à élever que parce qu'ils n'ont pas une nourriture assez abondante; que de jeunes dindons aient toujours une assiettée de mie de pain, de jaune d'œuf et de laitue hachée, vous n'en perdrez pas un sur cent, et cependant l'élevage de ces oiseaux passe pour être ordinairement assez difficile.

[1] Les abreuvoirs ordinaires destinés aux oiseaux de basse-cour ont l'inconvénient de donner une eau presque constamment sale et malsaine. L'entretien journalier de cette eau exige en outre un soin continuel, qui occasionne une perte considérable de temps dans une grande exploitation, et dont la négligence est souvent une cause d'accidents.

Un autre inconvénient est celui d'altérer le plumage des poules huppées, qui peuvent y plonger la tête, et, par cette humidité, contractent des maladies spéciales, principalement sur les yeux.

L'abreuvoir syphoïde de M. Gérard obvie à tous ces inconvénients. Il donne une eau constamment pure, qui se renouvelle d'elle-même au fur et à mesure de la consommation, pendant plusieurs jours, sans qu'on soit obligé de s'en occuper; il évite ainsi la malpropreté. Par la disposition de l'appareil, l'eau n'arrivant qu'en petite quantité à la fois, les animaux ne peuvent ni marcher dedans, ni y plonger la tête.

Il se compose d'une espèce de bouteille en zinc de la capacité d'un à deux litres, fermée par un bouchon à vis destiné à permettre le nettoyage de l'intérieur. A la base est une petite ouverture servant à l'écoulement de l'eau dans l'auget. Pour le remplir, il suffit de le plonger dans un seau d'eau et de l'y maintenir quelques instants le goulot en bas sans qu'il soit besoin d'ôter le bouchon.

Quant aux colins, ce qui précède nous semble démontrer qu'avec la moindre habitude d'élever des oiseaux on peut réussir aussi bien que M. Gérard, en suivant ses instructions. Mais, soit qu'on puisse disposer d'un grand emplacement, soit qu'on n'ait que peu de place à donner à ses élèves, il est bon de savoir que les colins peuvent vivre dans un espace fort restreint, et c'est sans inconvénient qu'on en garde au moins douze dans les parquets ou cages qui ont servi à la ponte, jusqu'au moment où il convient de les séparer par couples. Ils se développent parfaitement à l'air libre, et il est même nécessaire de ne pas les tenir dans un appartement dont il serait difficile de renouveler et de rafraîchir l'air de temps en temps.

Lorsque l'on voudra peupler un tiré de colins, il faudra mettre au milieu des taillis une poule, renfermée, pour commencer, dans une *chambre de mère* (voir la note, page 37); puis lâchée avec de jeunes colins déjà assez forts pour courir en liberté sans trop de danger. Ces premiers oiseaux seront à moitié apprivoisés et peu enclins à s'éloigner, pourvu qu'on leur donne, toujours au même endroit, autant que possible, assez de nourriture pour que, dans les grands froids, le besoin ne les force pas à changer de canton. En outre, il faudra toujours garder, aux environs de l'endroit où l'on aura lâché ces oiseaux, des colins en cage, pour rappeler ceux qui sont en liberté toujours vers le même centre. En suivant cette méthode, on aura en peu de temps un tiré très-convenablement garni; les colins se reproduiront au retour de la belle saison, et leurs petits seront bons à chasser en automne. Il est inutile de prévenir l'éleveur que le renard et les fouines n'épargnent pas plus le colin que la poule et la perdrix.

Les colins importés en France jusqu'à présent sont le colin huppé de la Californie et le colin houi, qui se reproduisent, depuis deux ans, avec succès chez M. Gérard. Le colin houi pond beaucoup moins que le colin huppé, et la manière dont il se reproduit en captivité ferait croire que cet oiseau élève en effet deux couvées par an, car il pond en deux fois une cinquantaine d'œufs; la première ponte dure depuis le 15 mai jusqu'à la fin de juin, et la seconde commence à la fin de juillet. On l'élève de la même façon que le colin huppé, avec des œufs de fourmi, des œufs durs, de la mie de pain et de la salade. Il mangé aussi des insectes, des fourmis noires, des vers à farine, des sauterelles coupées en petits morceaux et des larves de mouches (vulgairement asticots), bien dégorgées dans une certaine quantité de son ou de terre.

De cinq cents francs la paire, prix que ces oiseaux avaient coûté au moment de leur importation, ils sont descendus à un prix bien inférieur. Les colins huppés valent en ce moment de cinquante à soixante-quinze francs la paire, et les colins houi de trente à cinquante francs. On peut même espérer que l'année prochaine il y aura encore une grande diminution, car M. Gérard, éleveur très-désintéressé, veut faciliter la rapide propagation de ce gibier.

Le magnifique colin à plume lancéolée a été importé cette année-ci. C'est encore M. Gérard qui en est devenu l'acquéreur, à un prix fabuleux, et il mettra sans doute ce colin dans le commerce l'année prochaine.

Le Muséum de Paris a acheté cette année une paire de colins zonecolins, qui sont de charmants oiseaux, aussi disposés à se reproduire que le colin huppé, et, dans quelque temps, nous pourrons aussi sans doute l'ajouter à nos collections.

Nous avons enfin à signaler une nouvelle variété de colins. C'est le COLIN GÉRARD, à qui les naturalistes ne peuvent refuser ce nom qui rappellera l'auteur du croisement dont il est le produit original. Ce colin, provenant du colin huppé apparié avec le colin houi, ressemble au colin huppé de la Californie par son plumage, si ce n'est que le roux qui entoure les taches blanches du côté est plus vif, et que la gorge, au lieu d'être noire, est d'un blanc éclatant chez le mâle et roux chez la femelle, comme chez le colin houi. Le mâle et la femelle sont huppés comme le colin de la Californie, mais ils sont un peu plus gros que celui-ci. Cette variété date de cette année, et elle fait espérer qu'en croisant les diverses espèces de colins que l'on possède maintenant, on pourra obtenir des plumages très-variés et des couleurs originales.

Typ. Hennuyer

Extrait de la Revue Britannique — Livraison de Mars 1858.

TYPOGRAPHIE HENNUYER, RUE DU BOULEVARD, — BATIGNOLLES.
Boulevard extérieur de Paris.